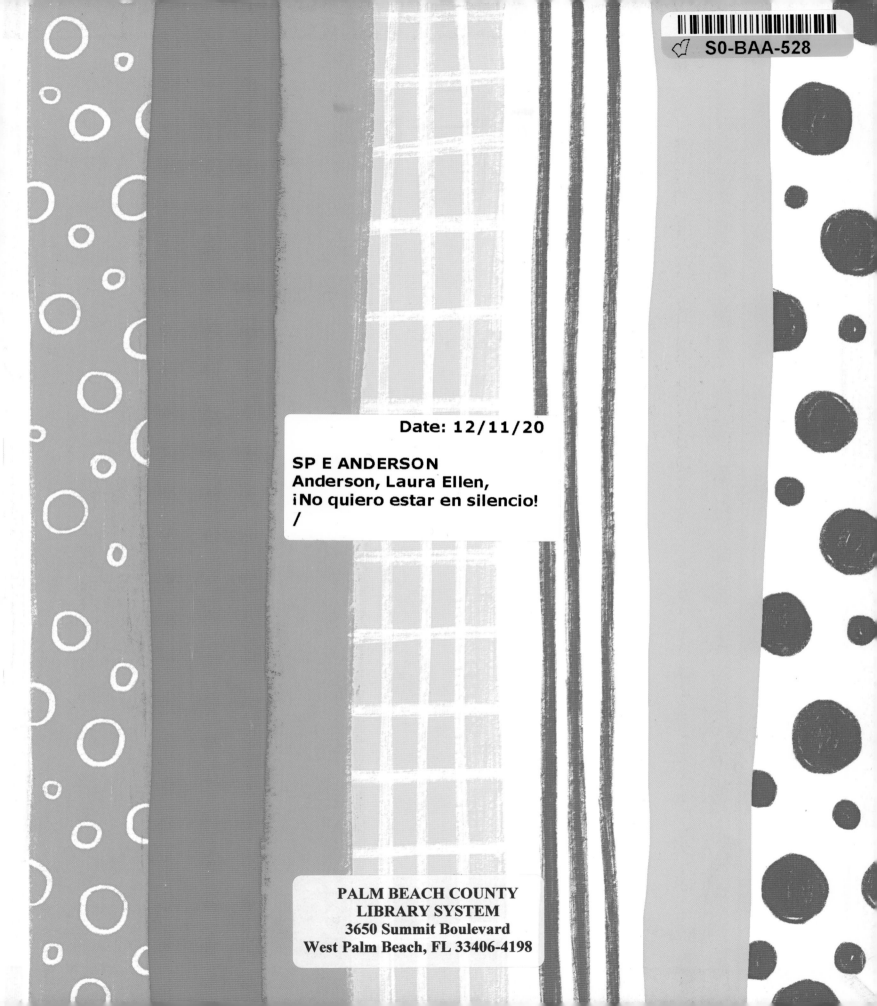

Para la tía Ann y el tío Roy.
Gracias por apoyarme en todo lo que hago
durante este viaje creativo.
Con mucho amor.

L. E. A.

Puedes consultar nuestro catálogo en www.picarona.net

¡No quiero estar en silencio!
Texto e ilustraciones: *Laura Ellen Anderson*

1.ª edición: marzo de 2020

Título original: *I don't want to be quiet!*

Traducción: *David Aliaga*
Maquetación: *Montse Martín*
Corrección: *Sara Moreno*

© 2020, Laura Ellen Anderson
Publicado por acuerdo con Bloomsbury Pub. Plc.
(Reservados todos los derechos)

© 2020, Ediciones Obelisco, S.L.
www.edicionesobelisco.com
(Reservados los derechos para la lengua española)

Edita: Picarona, sello infantil de Ediciones Obelisco, S.L.
Collita, 23-25. Pol. Ind. Molí de la Bastida
08191 Rubí - Barcelona - España
Tel. 93 309 85 25 - Fax 93 309 85 23
E-mail: picarona@picarona.net

ISBN: 978-84-9145-320-8
Depósito Legal: B-21.884-2019

Printed in China

LAURA ELLEN ANDERSON

¡NO QUIERO ESTAR EN SILENCIO!

 Picarona

OOOOO!

No quiero
estar en silencio.

¡Me gusta más hacer

RUIDO!

¡Quiero ser ESCUCHADA y
que los vecinos me presten atención!

Es MUY divertido
dedicarse a hacer RUIDO...
No entiendo por qué a mamá
no le acaba de gustar.

Mamá susurra:
—No grites, que tu hermano
está descansando.

¡AY! Demasiado tarde,
el bebé ya está llorando.

En la escuela, me encanta

CHARLAR

y

REÍR

y

APLAUDIR,

pero la profesora se enfada y acaba dándome una **charla**.

—¡BASTA! Por favor, deja de hablar.
A la escuela venimos a **escuchar**.

¡Tener que guardar silencio en clase es una **norma** que no me complace!

En las escaleras
me gusta ZAPATEAR.

Con las cucharas,
TAMBORILEAR.

Y cuando mamá está trabajando,
la ayudo TARAREANDO.

Las latas puedo
SACUDIR

y los globos
EXPLOTAR.

Mamá REALMENTE
lo detesta,

pero YO NO QUIERO CAMBIAR.

Me gusta hacer
las palomitas CRUJIR

y los refrescos SORBER.

SILENCIO, POR FAVOR.

Los charcos están para CHAPOTEAR

y la boca, para ERUCTAR (¡ups!).

PERO...

Así que hago ruiditos y muevo mi asiento,
jugueteo con mis pulgares y el pelo me adecento.

Soplo y resoplo hasta que, al final, EXPLOTO.

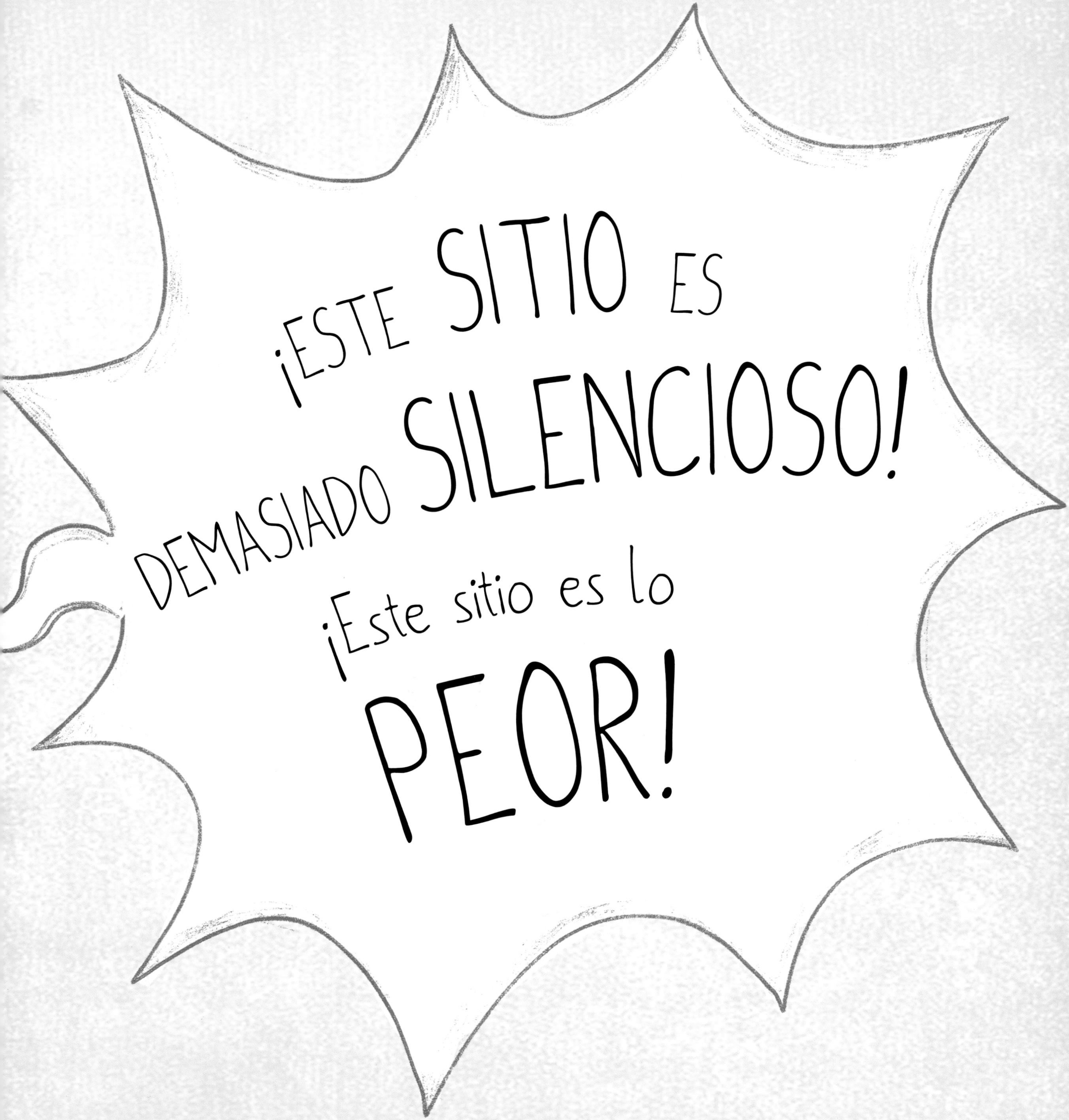
¡ESTE SITIO ES DEMASIADO SILENCIOSO!
¡Este sitio es lo PEOR!

— ¡SHHHHHHHHHHHHHHHHHHHHHHHHHHHHHHH!

−dice todo el mundo−.
¡Silencio, por favor!

Así que paro..., frunzo el ceño...
y bajo la vista al suelo.

Me he sonrojado, así que me escabullo y agarro un libro.
Quizá podría leer aunque sólo fuese un ratito...

Completamente HECHIZADA
leo una página, y otra...

No he hecho ni un SONIDO,
¡y han pasado HORAS!

Pero DENTRO de mi cabeza, hay un montón de RUIDO.
¡Magia y aventuras, piratas y niños perdidos!

A la mañana siguiente ESCUCHO, ¿y qué es lo que oigo?
Pájaros cantando y al día saludando.

En la escuela también **escucho** y **aprendo** muchas cosas nuevas

sobre NÚMEROS

y POEMAS

e historias de
REYES y REINAS.

Me gusta estar en silencio
porque así puedo ESCUCHAR MEJOR
los pequeños y maravillosos sonidos
a los que antes no prestaba atención...

Pero sigue habiendo un MONTÓN de lugares y ocasiones en los que ser RUIDOSA...

Como cuando
TOCO LA BATERÍA
y

cuando
BAILO...

TAP

TAP

¡haciendo que mamá
se sienta orgullosa!